LES

TROIS DATES

DE

GUSTAVE-ADOLPHE BECQUER

TRADUIT DE L'ESPAGNOL

PAR M. A. L. C.

PARIS

IMPRIMERIE DE D. JOUAUST

Rue Saint-Honoré, 338

—

1877

LES TROIS DATES

DE GUSTAVE-ADOLPHE BECQUER

Tiré à 5o exemplaires.

(Ne se vend pas.)

LES

TROIS DATES

DE

GUSTAVE-ADOLPHE BECQUER

TRADUIT DE L'ESPAGNOL

PAR M. A. L. C.

———

PARIS

IMPRIMERIE DE D. JOUAUST

Rue Saint-Honoré, 338

—

1877

LES TROIS DATES

DE GUSTAVE-ADOLPHE BECQUER

~~~~~~

Dans l'album dont je me sers pour dessiner, et que je conserve, quoiqu'il ne soit
plein que d'esquisses imparfaites que j'ai
prises dans le cours de quelques-unes de
mes excursions semi-artistiques dans la
ville de Tolède, j'ai inscrit trois dates.

Les événements dont ces chiffres conser-
vent le souvenir sont, jusqu'à un certain
point, insignifiants; toutefois, pendant quelques nuits d'insomnie, j'ai essayé d'écrire,
au moyen des circonstances qu'ils me rap-
pellent, une nouvelle plus ou moins senti-
mentale ou triste, selon que mon imagina-

tion se trouvait plus ou moins exaltée, ou portée vers les idées gracieuses ou sérieuses.

Si, le lendemain de l'un de ces nocturnes et extravagants délires, j'avais pu écrire les épisodes étranges des histoires impossibles que mon cerveau avait créées, avant que mes yeux se fermassent complétement, ces histoires, dont le dénoûment flotte enfin, indécis, au moment qui sépare la veille du sommeil, auraient assurément formé un livre bizarre, mais original et intéressant.

Ce n'est pas cela que je prétends faire aujourd'hui.

Ces fantaisies fugitives et pour ainsi dire impalpables sont, en quelque sorte, comme les papillons qu'on ne peut saisir sans qu'ils laissent aux doigts la poussière d'or de leurs ailes.

Je vais donc me borner à raconter succinctement les trois incidents qui servaient ordinairement d'épigraphes aux chapitres des nouvelles enfantées dans mes rêves ; les trois points épars que j'aime à grouper dans mon esprit, au moyen d'une suite d'idées semblable à un fil lumineux ; les trois thèmes sur lesquels j'ai brodé mille et mille variations que nous pourrions nommer les absurdes symphonies de l'imagination.

I

Il y a à Tolède une rue étroite, tortueuse et obscure, qui garde si fidèlement les vestiges des cent générations qui successivement l'ont habitée, qui parle avec une telle éloquence aux yeux de l'artiste, qui lui révèle tant de points de secrète affinité existant entre les idées et les mœurs de chaque siècle, et la forme et le caractère spécial imprimés sur les ouvrages les plus vulgaires de chacun d'eux, que je voudrais voir fermer les issues de cette rue par une barrière surmontée d'un écriteau sur lequel on lirait :

« Au nom des poëtes et des artistes, au nom de ceux qui rêvent et de ceux qui étudient, il est interdit à la civilisation de tou-

cher, de sa main dévastatrice et prosaïque,
à une seule de ces pierres. »

Une voûte massive, aplatie et sombre,
donne entrée à cette rue par l'une de ses
extrémités et forme un passage couvert.
Sur la clef de cette voûte existe un écusson
en partie détruit et effacé par l'action du
temps. Dans les interstices de cet écusson
croît le lierre, qui, agité par le vent, couvre, semblable à un panache de plumes, le
heaume qui le couronne.

Sous la voûte, on voit un retable incrusté
dans la muraille, couvert d'une peinture
noircie et effacée, enfermé dans un cadre
doré et vermoulu, avec sa lanterne pendant à une corde et ses *ex-voto* en cire.

Au delà de cette voûte, qui projette son
ombre sur tout cet endroit, en le revêtant
d'une teinte mystérieuse, d'une tristesse in-
descriptible, se prolonge de chaque côté
un rang de maisons obscures, inégales et
étranges, chacune d'elles ayant une forme,
une dimension et une couleur particulières.
Les unes ont été construites en pierres

brutes et inégales, sans autres ornements
que quelques blasons grossièrement sculp-
tés sur les portes; d'autres ont été bâties
en briques, avec un cintre arabe qui leur
sert de porte; deux ou trois petites fenêtres
ont été ouvertes capricieusement dans la
façade crevassée, et elles ont un belvédère
surmonté d'une haute girouette. On en
trouve d'autres dont le plan ne se rattache
à aucun ordre régulier; les changements
qu'elles ont subis portent l'empreinte de
tous les types d'architecture; d'autres of-
frent le spécimen complet d'un genre spécial et connu; d'autres enfin fournissent
une preuve curieuse de la décadence de
l'une des périodes de l'art.

Celles-ci ont un balcon de bois et une
toiture d'une dimension insensée; celles-
là, une fenêtre gothique récemment enjo-
livée au moyen de quelques vases garnis
de fleurs; plus loin, cette autre a conservé
quelques carreaux de faïence bigarrés qui
encadrent la porte d'entrée; d'énormes
clous font saillie sur les huisseries, et deux

2

fûts de colonnes, provenant sans doute d'un Alcazar moresque, ont été maçonnés dans la muraille.

Palais d'un grand seigneur converti en cour banale, maison d'un alfaqui habitée par un chanoine, synagogue juive devenue oratoire chrétien, couvent élevé sur les ruines d'une mosquée arabe, dont toutefois le minaret est resté debout, mille étranges et pittoresques contrastes, mille et mille curieux vestiges de races diverses, de civilisations, d'époques, résumées, pour ainsi dire, dans une étendue de trois çents mètres de terrain : voilà tout ce qu'on trouve dans cette rue, rue construite en un grand nombre de siècles, rue étroite, informe, obscure, pleine de détours, où chacun, en se construisant une habitation, s'est mis en saillie, a laissé un coin, a décrit un angle, le tout d'après l'alignement le plus fantaisiste et sans nul souci du nivellement, de l'élévation et de la symétrie ; rue riche en combinaisons de lignes imprévues, étalant une véritable profusion de détails capricieux, et présentant tant et tant d'accidents divers que celui qui l'étudie y découvre chaque fois une chose nouvelle et inattendue.

La première fois que je vins à Tolède, pendant que j'étais occupé à prendre quelques vues de Saint-Jean-des-Rois, j'étais forcé de traverser cette rue tous les jours, pour me rendre à ce monastère, de l'hôtellerie décorée du nom de restaurant où je m'étais logé.

Presque toujours je la parcourais d'un bout à l'autre sans y rencontrer une seule personne, sans qu'aucun autre bruit que celui de mes pas vînt troubler son profond silence, sans que, soit derrière une jalousie, soit derrière le tambour d'une porte, j'aperçusse, même par hasard, le visage ridé d'une vieille femme curieuse ou les yeux noirs et bien fendus d'une jeune Tolédanaise. Souvent il me semblait que je parcourais une rue déserte, abandonnée depuis une époque éloignée par ses habitants. Un soir cependant, en passant de-

vant une très-ancienne et sombre maison,
sur la haute façade de laquelle on aperce-
vait trois ou quatre fenêtres inégales et
placées sans aucune régularité et sans aucune symétrie, je jetai, par hasard, les yeux
sur l'une de ces fenêtres. Elle était formée
d'une grande ogive entourée d'un feston de
feuilles dentelées et pointues. Ce cintre
avait été fermé par une légère cloison de
briques récemment construite et recouverte
d'un enduit d'une blancheur de neige. Au
centre de la cloison, on avait pratiqué une
petite fenêtre dont le cadre et les ferrements
avaient été peints en vert. On y voyait un
vase contenant une digitale bleue, dont
les tiges s'étaient élancées pour aller s'ac-
crocher aux ciselures de la pierre ; quelques
vitrages dont les carreaux étaient entourés
de plomb, et un petit rideau d'étoffe blanche, légère et transparente.

Cette fenêtre était, par elle-même, sus-
ceptible d'attirer l'attention, en raison de
son cachet particulier ; mais ce qui contri-
bua puissamment à me la faire remarquer,

c'est que je crus m'apercevoir qu'au moment où j'avais tourné la tête pour la considérer, les rideaux avaient été un moment soulevés, pour retomber aussitôt, cachant à ma vue la personne qui, sans aucun doute, m'avait à ce même moment regardé.

Je continuai mon chemin, préoccupé de l'incident de la fenêtre, ou, pour mieux dire, du rideau, ou toutefois, plus évidemment encore, de la femme qui l'avait entr'ouverte, car, indubitablement, à une fenêtre aussi poétique, aussi blanche, aussi verte, aussi pleine de fleurs, une femme seule avait pu apparaître; et quand je dis une femme, il est bien entendu que je veux dire une femme jeune et belle.

Je revins un autre soir et je repassai, dominé par la même préoccupation; je frappai le pavé de mes talons, faisant retentir la rue silencieuse du bruit de mes pas que deux ou trois échos répétaient en se répondant, et le rideau fut de nouveau levé.

La vérité est que derrière ce rideau je

ne vis rien. Mais mon imagination sembla me laisser entrevoir un visage, le visage d'une femme sans doute...

Ce jour-là, je cherchai deux ou trois fois à me distraire en dessinant. Je revins plusieurs fois ensuite, et toutes les fois que je passais le rideau était de nouveau soulevé, et il restait ainsi entr'ouvert jusqu'à ce que le bruit de mes pas se fût éteint; et moi, de loin, je tournais une dernière fois les yeux vers la fenêtre.

Mes dessins avançaient lentement. Dans ce cloître de Saint-Jean-des-Rois, cloître si mystérieux, empreint d'une si triste mélancolie, assis sur le chapiteau brisé d'une colonne, mon portefeuille sur les genoux, le front appuyé sur ma main, au bruit de l'eau qui coulait près de moi en murmurant, au bruit des feuilles du jardin agreste et abandonné qu'agitait la brise du crépuscule, comment n'aurais-je pas pensé à cette fenêtre et à cette femme!... Je la connaissais, je savais son nom, et même quelle était la nuance de ses cheveux.

Je la voyais parcourant les vastes et solitaires galeries de cette très-antique de-
meure, les animant par sa présence, comme
le rayon de soleil dore certaines ruines.
D'autres fois, je me figurais la voir dans
un jardin entouré de très-hautes et sombres
murailles, planté d'arbres énormes et sé-
culaires, jardin qui devait exister au fond
de cette espèce de palais gothique où elle
habitait... Je la voyais cueillir des fleurs,
s'asseoir seule sur un banc de pierre, et
là... soupirer, en les effeuillant et en pen-
sant à... qui sait? à moi peut-être! que
dis-je, peut-être?... à moi assurément. Oh!
que de rêves! que de folies! que de poésie
éveilla dans mon cœur cette fenêtre pendant
tout le temps de mon séjour à Tolède!

Mais le temps que je devais passer dans
cette ville s'était écoulé. Un jour, plein de
regrets et d'accablement, la tête inclinée
sur ma poitrine, j'enfermai tous mes papiers dans mon portefeuille, je quittai le
monde des chimères et je pris place dans
la diligence de Madrid.

Avant de perdre de vue à l'horizon les hautes tours de Tolède, je mis la tête à la portière pour voir la ville une dernière fois, et je me rappelai la rue. J'avais encore mon portefeuille sous le bras, et, en reprenant ma place, au moment où nous contournions la colline qui masqua tout d'un coup la ville à mes yeux, je pris mon crayon et j'écrivis une date. C'est la première des trois, celle que j'ai nommée *la date de la fenêtre*.

II

Quelque mois après, j'eus de nouveau l'occasion de m'éloigner de la capitale pour deux ou trois jours. Je secouai la poussière dont mon portefeuille était couvert, je le mis sous mon bras, je me procurai une main de papier, une demi-douzaine de crayons, un même nombre de pièces d'or, et, regrettant que la voie de fer ne fût pas encore terminée, je m'encaissai dans un véhicule pour parcourir, en sens inverse, les localités dont il est question dans la célèbre comédie de Tirzo : *De Tolède à Madrid*.

A peine installé dans la ville historique, je m'empressai de visiter à nouveau les lieux qui avaient plus particulièrement fixé mon attention lors de mon premier voyage, et quelques autres autres que je ne connaissais pas.

Je laissai passer ainsi, en longues et solitaires promenades, la plus grande partie du temps dont je pouvais disposer pour ma courte campagne artistique, trouvant un véritable plaisir à me perdre dans le labyrinthe confus de ruelles sans issues, de rues étroites, de passages sombres, de montées abruptes et impraticables.

Un soir, le dernier que pour lors je dusse passer à Tolède, après une de ces longues incursions à travers l'inconnu, je ne saurais dire par quelles rues j'étais passé pour venir aboutir à une place vaste et déserte qui semblait avoir été oubliée par les habitants

3

eux-mêmes, cachée qu'elle était dans l'un des coins les plus écartés de la ville.

Les décombres et les immondices amoncelés depuis un temps immémorial sur cette place s'étaient incorporés, pour ainsi dire, dans le sol, de telle sorte qu'il offrait l'aspect accidenté et montueux d'une Suisse en miniature.

Sur les coteaux et dans les vallées formées par les ondulations croissaient en toute liberté les mauves d'une taille gigantesque, les plants d'orties colossales, les buissons traînants de liserons blancs, les champs couverts de cette herbe sans nom, menue, fine et d'un vert sombre; et enfin, s'agitant doucement au léger souffle du vent, et s'élevant comme des rois au-dessus de toutes les autres plantes parasites, les poétiques, quoique vulgaires, raiforts sauvages, la vraie plante des solitudes et des ruines.

Épars sur le sol, les uns à demi enterrés, les autres presque cachés par les hautes herbes, on voyait çà et là une foule de débris de mille et mille objets divers, brisés et jetés, à différentes époques, dans cet emplacement, où ils formaient des couches au moyen desquelles il eût été facile de faire un cours de généalogie historique.

Carreaux de faïence morisque en émail de couleur, tronçons de colonnes de marbre et de jaspe, fragments de briques de cent modèles différents, grandes pierres de taille couvertes de verdure et de mousses, morceaux de bois presque réduits en poussière, restes d'antiques lambris, chiffons de toile, courroies de cuir, et cent et cent autres objets sans nom : telles étaient les choses disparates qui apparaissaient tout d'abord à la superficie du sol, éveillant par elles-mêmes l'attention, et éblouissant les yeux par une myriade d'étincelles lumineuses répandues sur la verdure comme une poignée de diamants amoncelés, et qui, vues de près, n'étaient autre chose que de petits éclats de verre ou des fragments de poteries qui, par la réflexion du soleil, semblaient former un firmament d'étoiles microscopiques et brillantes.

Tel était l'aspect du sol de cette place, pa-
vée par parties d'une mosaïque de petites
pierres de diverses nuances, formant des dessins, ou de larges dalles d'ardoises, mais,
presque partout, ainsi que nous l'avons dit,
semblable à un jardin couvert de plantes parasites ou à une prairie déserte et inculte.

Les édifices, qui dessinaient la forme ir-
régulière de cette place n'étaient pas moins
étranges et moins dignes d'être étudiés.
D'un côté, elle était circonscrite par un
rang de petites et sombres masures sur-
montées de toits dentelés de cheminées, de
girouettes et de lucarnes ; aux angles, des
bornes en marbre fixées aux murs par un
cercle de fer ; des balcons plats et étroits ;
des petites fenêtres ornées de vases de fleurs
et une lanterne entourée d'un grillage en
fil de fer, pour protéger ses vitres enfumées
contre les pierres des enfants.

L'autre côté était formé par une muraille
noirâtre, pleine de crevasses et de fentes
d'où les reptiles sortaient leurs têtes aux
yeux petits et luisants, entre les feuilles et les

mousses, et par une très-haute construction
formée de grosses pierres de taille, percée
d'ouvertures de portes et garnie de balcons
construits en pierre et en mortier. A l'une
des extrémités de cette construction venait
se rattacher, en formant avec elle un angle,
un mur en briques écaillées, pleines de
fentes et mouchetées par places de teintes
rouges, vertes ou jaunes. Ce mur était
surmonté d'un faîtage d'herbes sèches entre lesquelles s'étaient glissées quelques
tiges de plantes grimpantes.

Tout cela n'était guère que le cadre de
la décoration qui, lorsque j'entrai sur la
place, s'offrit brusquement à mes yeux,
captiva mon cœur et en suspendit pendant
quelques instants les battements, car le
véritable point saillant du panorama, l'édifice qui lui donnait un caractère particulier
se voyait au fond de la place, se dres-
sant, plus fantastique, plus original et in-
finiment plus beau dans son désordre que
tous ceux qui existaient aux alentours.

« C'est bien là ce que je désirais rencon-

trer! m'écriai-je en l'apercevant; et, après
m'être assis sur un bloc, mon carton sur
mes genoux et mon crayon taillé, je me
disposai à dessiner, quoique rapidement,
ses formes irrégulières et bizarres, afin
d'en conserver à toujours le souvenir.

Si j'avais pu coller ici, au moyen de
pains à cacheter, le très-léger et très-im-
parfait croquis que je conserve de cet édifice, incomplet et tel qu'il est, il m'eût évité
bien des phrases en donnant à mes lecteurs
une idée de ce monument beaucoup plus
approximative que toutes les descriptions
que je pourrais imaginer.

Puisqu'il ne peut en être ainsi, je vais
essayer de le peindre le mieux que je pour-
rai, afin qu'en lisant ces lignes, on puisse
se former un idée superficielle, sinon de ses
détails infinis, au moins de son ensemble.

Figurez-vous un palais arabe avec ses
portes en forme de fer à cheval, ses piliers
surmontés de longues rangées d'arceaux
qui se croisent cent et cent fois entre eux, et
sur lesquels s'étend une frange de brillants

carreaux de faïence. Ici, le vide d'une baie
est coupé dans sa hauteur par un faisceau
de colonnettes élancées, et entouré d'un
cadre de sculptures délicates et capricieuses.
Là s'élève un observatoire avec son belvédère, svelte et percé à jour, recouvert de
tuiles vernissées vertes et jaunes, surmonté
d'une flèche dorée et aiguë qui se perd dans
le vide. Plus loin on entrevoit la coupole
qui couvre un cabinet peint en or et en
bleu, et les hautes galeries garnies de per-
siennes vertes. A travers celles qui sont
ouvertes on aperçoit les jardins, avec
leurs allées plantées de myrtes, leurs
bosquets de lauriers et leurs jets d'eau
jaillissant à une grande hauteur. Tout
est original, tout est harmonieux quoique
désordonné. — Tous laisse entrevoir le
luxe et les merveilles de l'intérieur. — Tout
fait deviner quels étaient le caractère et les
mœurs de ses habitants.

L'Arabe opulent qui possédait ce palais
finit par l'abandonner. L'action du temps
commença à dégrader les enduits, à altérer

les couleurs, à corroder jusqu'aux marbres eux-mêmes.

Un monarque castillan choisit alors, pour en faire sa résidence, cet Alcazar tombant en ruine. — Alors, il abat une façade, ouvre une arcade ogivale qu'il entoure d'une bordure d'écussons entre lesquels s'enroule une guirlande de feuilles de chardons et de trèfles — Plus loin, il construit une tour massive en pierres de taille avec d'étroites meurtrières et des créneaux pointus. — Ailleurs, il bâtit, en aile, une enfilade d'appartements élevés et sombres, dans lesquels on voit des parties de lambris revêtus de faïences de couleur éclatante, des plafonds formés de lourds caissons ; une fenêtre isolée, une ouverture cintrée en forme de fer à cheval, d'un style élégant et pur, donne accès dans un salon gothique d'un aspect sévère et imposant.

Mais arrive le jour où, à son tour, le monarque renonce à cette résidence en la cédant à une communauté de religieuses.

Celles-ci s'empressent d'introduire de nou-
veaux changements et réalisent d'autres
modifications qui altèrent l'étrange phy-
sionomie de l'Alcazar morisque. Elles fer-
ment les fenêtres par des jalousies ; entre
deux arceaux arabes elles placent l'écusson
de leur ordre ; là où croissaient les tama-
rins et les lauriers elles plantent les cyprès
mélancoliques et sombres ; enfin, soit en
utilisant quelques constructions restées
debout, soit en élevant d'autres bâtiments,
elles arrivent à former les combinaisons
les plus pittoresques et les plus étranges
qu'on puisse imaginer.

Au-dessus du portail de l'église, et
comme enveloppés dans le demi-jour mystérieux où les ombres de leurs niches les
baignent, on aperçoit des saints, des anges
et des vierges rangés à la file. — A leurs
pieds se tordent, entre les feuilles d'acan-
the, les serpents, les spectres, les endriaques
de pierre. Un minaret élevé et comme fili-
grané de ciselures morisques s'élance près
des meurtrières des remparts dont déjà les

créneaux sont détruits. — Ici, les religieuses placent un retable; elles bouchent les
grandes ogives au moyen de cloisons per-
cées de petites baies semblables aux carrés
d'une table de damier; elles élèvent des
croix sur tous les sommets, édifient un
clocher muni de cloches qu'elles agitent
mélancoliquement, jour et nuit, pour appeler à la prière ; — cloches mises en mouvement par l'impulsion d'une main invisible; — cloches dont les sons lointains
arrachent souvent des larmes d'involon-
taire tristesse.

Depuis, le temps dans sa marche a revêtu
d'une teinte presque sombre l'édifice tout
entier et en a harmonisé les tons. Dans les
interstices les lierres ont poussé.

Les cigognes font leur nid sur les girouettes; les martinets, le long des toits; les
hirondelles, dans les dais de granit; le
hibou et la chouette choisissent pour leur
retraite, les boulins élevés, d'où, pendant
les ténèbres des nuits, ils épouvantent les
vieilles femmes crédules et les petits enfants

craintifs par l'éclat phosphorique de leurs rondes prunelles et par leurs sifflements étranges et stridents.

Il aurait suffi de toutes ces révolutions, de toutes ces circonstances particulières, pour produire un édifice d'un effet aussi original, aussi plein de contrastes, de poésie et de souvenirs que celui qui, dans cette soirée, s'offrit à mes yeux, et dont je cherche aujourd'hui, quoique en vain, à faire la description.

Je l'avais en partie dessiné sur l'un des feuillets de mon album ; le soleil ne dorait plus à peine que les flèches les plus élevées de la ville ; la brise du crépuscule commençait à caresser mon front, quand, absorbé dans les pensées qui m'avaient assailli à l'improviste en contemplant ces silencieux restes d'autres âges plus poétiques que l'âge matériel dans lequel nous vivons, noyés que nous sommes dans le plus pur prosaïsme, j'avais laissé tomber de mes mains mon crayon, abandonné mon dessin, et, appuyé sur le mur auquel

j'étais adossé, je m'étais laissé aller complétement aux rêves de mon imagination...
A quoi pensai-je?... je ne saurais le dire.
— Je voyais clairement les époques succé-
dant aux époques : — quelques murs
s'écrouler, d'autres s'élever. — Je voyais
des hommes, ou pour mieux dire des
femmes, remplacer d'autres femmes..., et
les premières, comme celles qui étaient
venues avant elles, se convertir en poussière, et s'envoler réduites en atomes... un
souffle du vent avait emporté leur beauté...
— beauté qui avait arraché de secrets
soupirs, — inspiré des passions, et qui
avait été la source de voluptés... — Que
dirai-je? tout était devenu vague pour moi.
— Je voyais une foule de choses miroiter
devant mes yeux... — des mouchoirs de
dentelle imprégnés de parfums... —
des lits couverts de fleurs... d'étroites et
sombres cellules avec un prie-Dieu et
un crucifix... — au pied du crucifix,
un livre ouvert... — sur le livre, une
tête de mort... — des salons austères et

grandioses couverts de tapis et ornés de trophées guerriers..... Des femmes en grand nombre passaient et repassaient devant mes yeux... — nonnes sveltes, maigres et pâles... odalisques brunes aux lèvres vermeilles et aux yeux très-noirs... femmes au profil pur, à la démarche altière, au port majestueux......

Je voyais toutes ces choses et d'autres encore qui, après avoir occupé ma pensée, ont échappé à mon souvenir, choses tellement immatérielles qu'il n'est pas possible de les enfermer dans le cadre étroit de la parole, lorsque tout à coup je bondis sur mon siége; je passai la main sur mes yeux pour me convaincre que je n'étais pas sous l'empire d'un rêve. Me redressant comme si j'étais mû par un ressort puissant, je fixai les yeux sur l'une des galeries les plus élevées du couvent: j'avais vu, je n'en pouvais douter, une main très-blanche sortir de la profondeur de l'une de ces petites baies, semblables à des cases de damier, s'agiter plusieurs fois comme pour me saluer d'un signe muet et tendre. C'était bien moi qu'elle saluait, il n'y avait pas d'équivoque possible; j'étais seul, complétement seul, sur la place.

En vain j'attendis la nuit, cloué à cette place, et sans quitter un seul instant mes yeux de la petite fenêtre. Je revins inutilement plusieurs fois occuper l'humble pierre qui m'avait servi de siége, le soir où m'était apparue cette main mystérieuse, objet de mes insomnies pendant la nuit et de mes délires pendant le jour.

Je ne la revis plus jamais.

Enfin l'heure arriva où je devais quitter Tolède, et, laissant comme un poids inutile et ridicule toutes les illusions que pendant mon séjour j'avais accumulées dans mon cœur, je renfermai de nouveau, avec un soupir, mes papiers dans mon porte-feuille; mais, avant de le fermer, j'écrivis une deuxième date, — celle que je nomme *la date de la main.* — En l'inscrivant, je regardai pendant un instant la date anté-

rieure, *celle de la fenêtre,* et je ne pus
m'empêcher de rire de ma folie.

III

Depuis l'époque à laquelle eut lieu l'é-
trange aventure que je viens de rappor-
ter jusqu'à celle de mon retour à Tolède
il se passa près d'un an, pendant lequel
son souvenir ne cessa de se présenter à ma
pensée, d'abord à toute heure et avec tous
ses détails, puis moins fréquemment, et
enfin avec un vague tel que moi-même
j'arrivais quelquefois à croire que j'avais
été le jouet d'une illusion ou d'un songe.

Néanmoins, à peine arrivé à la ville
qu'à très-juste raison quelques personnes
ont nommée la Rome espagnole, ce souvenir m'assaillit de nouveau, et, la mémoire
pleine de lui, je sortis, désireux de parcourir les rues, sans idée préconçue de me
diriger plutôt d'un côté que de l'autre.

La journée était triste, de cette tristesse

qui se communique à tout ce qui s'entend,
se voit, ou se sent...... Le ciel était couleur de plomb et, sous l'influence de son
reflet mélancolique, les édifices semblaient
plus antiques, plus étranges, plus sombres;
le vent gémissait dans l'étendue des rues
obcures et étroites, emportant dans ses
rafales comme les notes perdues d'une
symphonie mystérieuse, composée de mots
inintelligibles, de sons de cloches, d'échos
de bruits sourds et lointains. L'atmos-
phère humide et froide saisissait les sens
par son souffle glacial.

Je restai pendant quelques heures dans
les quartiers les plus éloignés et les plus
déserts, absorbé dans mille vagues rêveries,
et, contre l'ordinaire, mon regard incertain
se perdait dans l'espace, sans que je prisse
plaisir à fixer mon attention, ni sur un
détail d'architecture, ni sur un monument
d'un type inconnu, ni sur une œuvre d'art
merveilleuse et cachée, ni sur aucun objet
enfin, parmi ceux dont l'examen minu-
tieux m'arrêtait à chaque pas, alors que

mon esprit n'était occupé que de pensées artistiques et de souvenirs historiques.

Le ciel se couvrait de vapeurs de plus en plus sombres ; le vent soufflait avec plus de violence et de bruit ; une pluie de neige fondue commençait à tomber en gouttelettes fines et pénétrantes, quand, sans savoir comment, car j'ignorais même le chemin, et comme poussé par une impulsion irrésistible qui m'entraînait involontairement vers le lieu où me conduisaient mes pensées, je me trouvai sur cette place solitaire déjà connue du lecteur.

En me voyant transporté en ce lieu, je sortis de l'espèce de léthargie dans laquelle j'étais plongé, comme si j'eusse été réveillé d'un sommeil profond par une commotion violente.

Je jetai les yeux autour de moi : tout était dans l'état où je l'avais laissé ; je m'exprime mal , — tout avait un aspect plus morne encore. — J'ignore si l'obcurité du ciel, — l'absence de verdure, — l'état de mes esprits, étaient la cause de cette tris-

5

tesse ; ce qu'il y a de certain, c'est qu'entre le sentiment que j'avais éprouvé en voyant ces lieux pour la première fois et celui que je ressentais en ce moment il y avait toute la distance qui sépare la mélancolie de l'amertume.

Je contemplai pendant quelques instants le sombre monastère, en cette circonstance plus sombre que jamais à mes yeux, et je me disposais déjà à m'éloigner quand le son d'une cloche vint frapper mon oreille, cloche au timbre fêlé et sourd, qui tintait lentement pendant que l'accompagnait, formant contraste avec elle, une sorte de clochette qui se mit à s'agiter avec une vitesse, une rapidité et un son si perçant qu'elle semblait prise de vertige.

Rien de plus étrange que cet édifice dont la noire silhouette se dessinait sur le ciel comme celle d'un rocher hérissé de mille et mille pics capricieux, parlant avec ses langues de bronze au moyen de cloches qui semblaient être mises en mouvement par l'impulsion d'êtres invisibles : l'une

semblant pleurer avec des sanglots étouf-
fés, l'autre paraissant rire avec des éclats
stridents, semblables au rire d'une femme
atteinte de folie.

Par intervalles je croyais entendre, con-
fondus avec le son étourdissant des cloches,
le vague accompagnement de l'orgue et le
chant religieux et solennel d'un cantique.

Je changeai d'idée, et, au lieu de m'éloigner de ce lieu, je m'approchai de la porte
de l'église, et je demandai à l'un de ces
mendiants déguenillés qui étaient assis sur
les marches du porche :

« Qu'y a-t-il ici ?

— Une prise d'habit », me répondit-il,
en interrompant la prière qu'il murmurait
entre ses dents, pour la reprendre ensuite,
non toutefois sans avoir baisé la monnaie
de cuivre que j'avais déposée dans sa main
en même que je lui avais adressé ma question.

Je n'avais jamais assisté à une cérémonie de cette nature, jamais non plus je n'a-
vais vu l'intérieur de l'église du couvent ;

ces deux motifs me déterminèrent à péné-
trer dans son enceinte.

L'église était haute et sombre. La nef
était formée de deux rangs de piliers com-
posés de colonnes élancées réunies en fais-
ceaux, reposant sur une base large et oc-
togone ; de leur riche couronne de chapi-
teaux partaient les arrachements de solides
ogives. Le grand autel était placé au fond,
sous une coupole du style de la Renaissance,
couverte d'anges portant des écussons, de
griffons dont les extrémités étaient formées
de feuillages touffus, de corniches ornées
de moulures, de fleurons dorés et de dessins élégants et variés.

Autour de la nef on voyait plusieurs
chapelles sombres, au fond desquelles brû-
laient quelques lampes semblables à des
étoiles perdues dans le ciel d'une nuit obscure, chapelles d'une architecture arabe,
gothique ou bizarre, les unes fermées par
de splendides grilles de fer, d'autres par
de modestes rampes de bois ; celle-là plon-
gée dans l'obscurité par un antique tom-

beau de marbre placé devant l'autel, celles-
ci éclairées par une profusion de lumières,
abritant une statue couverte d'étoffes écla-
tantes et entourée d'*ex-voto* en argent ou
en cire suspendus à des rubans de couleur.

La clarté fantastique qui illuminait l'é-
glise contribuait à lui donner un caractère
plus mystérieux, complétement en harmonie, dans son vague et artistique désordre,
avec le reste du couvent.

Des lampes d'argent ou de cuivre pendant
des voûtes, des bougies des autels, des gracieuses ogives et des baies ouvertes dans les
murailles, partaient des rayons de lumière
de mille couleurs différentes : blancs, ceux
qui pénétraient, venant de la rue, par
quelques petites claires-voies ouvertes
dans la coupole; rouges, ceux qui étaient
produits par les cierges des retables; verts,
bleus et de cent autres nuances différentes,
ceux qui s'ouvraient un passage à travers
les vitraux peints des rosaces. Tous ces re-
flets, insuffisants pour inonder de lumière
l'enceinte sacrée, semblaient chercher à se

confondre ensemble sur plusieurs points,
pendant que d'autres formaient, semblables
à une tache, un point lumineux et brillant
sur le front voilé et sombre des chapelles.
Malgré la solennité de la cérémonie religieuse célébrée dans l'église, la réunion
des fidèles était peu nombreuse. L'office,
commencé depuis un certain temps, était
au moment de finir. A ce moment, les
prêtres qui officiaient au grand autel des-
cendaient les degrés couverts de tapis, enveloppés dans un nuage azuré d'encens qui
montait lentement dans l'air, pour se diriger vers le chœur, où on entendait les religieuses chanter un psaume.

Je m'y rendis aussi avec l'intention de
me placer derrière la double grille qui sé-
parait le chœur du reste de l'église. Je ne
sais pourquoi, il me sembla que j'allais
reconnaître à son visage la femme dont un
instant seulement j'avais entrevu la main,
et, ouvrant démesurément les yeux, dila-
tant ma pupille, comme si je voulais lui
donner plus de force et de clairvoyance, j'en-

fonçai mon regard jusqu'au fond du chœur.
Peine inutile : à travers les croisements du
fer on voyait peu ou pas. Semblables à
des fantômes blancs ou noirs qui se mou-
vaient dans les ténèbres contre lesquelles
luttait en vain l'insuffisante lueur de quelques cierges allumés, derrière une longue
rangée de stalles élevées et pointues, sur-
montées de dais sous lesquels on devinait,
voilées par l'obscurité, les formes vagues
des religieuses couvertes de longues robes
traînantes ; un crucifix, éclairé par quatre
cierges, se détachant sur le fond sombre du
cadre, comme l'un de ces points lumineux
qui, dans les toiles de Rembrandt, font
ressortir davantage les ombres : voilà tout
ce que, de l'endroit où j'étais placé, je
pouvais entrevoir.

Les prêtres, couverts de leurs vêtements
sacerdotaux brodés d'or, précédés par
quelques acolytes portant une croix d'argent et deux flambeaux, et suivis d'autres
assistants qui agitaient les encensoirs en
parfumant l'air, traversèrent au milieu des

fidèles qui baisaient leurs mains et le bord de leurs vêtements, et arrivèrent ainsi à la grille du chœur.

Jusque-là je n'avais pu voir, dans le vague des ombres, quelle était celle des vierges qui allait se consacrer au Seigneur.

N'avez-vous jamais remarqué, aux derniers instants du crépuscule qui précède la nuit, s'élever du cours d'une rivière, du fond d'un marais, des vagues de la mer, des cimes profondes d'une montagne, un lambeau de brouillard qui flotte lentement dans le vide, et qui, alternativement, semble être tantôt une femme qui se meut et marche en laissant flotter son vêtement au gré du vent, tantôt un voile blanc attaché à la chevelure de quelque invisible sylphide, tantôt un fantôme qui s'élève dans les airs, couvrant son jaune squelette d'un suaire sous les plis duquel on croit voir se dessiner ses formes auguleuses? Ce fut une hallucination de ce genre que j'éprouvai en voyant s'avancer vers la grille, comme si elle se détachait du fond obscur du chœur, une forme blanche, svelte et vaporeuse.

Je ne pouvais voir son visage; — elle vint se placer complétement en face des cierges qui éclairaient le crucifix, et dont l'éclat, formant comme un nimbe lumineux autour de sa tête, la faisait ressortir du fond obscur en la baignant dans une clarté douteuse.

Il régnait un profond silence; tous les regards se fixèrent sur elle, et la dernière période de la cérémonie commença.

L'abbesse marmotta quelques paroles inintelligibles, mots qu'à leur tour, les prêtres répétèrent d'une voix sourde et creuse, puis elle arracha de la poitrine de la novice le bouquet de fleurs qu'elle y portait et les jeta loin d'elle. Pauvres fleurs!... C'étaient les dernières dont cette femme dût se parer, cette femme sœur des fleurs, comme toutes les femmes.....

Elle lui enleva ensuite son voile; — son ardente chevelure se répandit, comme une cascade, sur ses épaules et sur ses reins

qu'elle couvrit pendant un instant seulement, car bientôt on put entendre, au milieu du profond silence qui régnait parmi
les fidèles, un bruit métallique et strident
qui crispait les nerfs, et la splendide chevelure se détacha du front qu'elle couvrait,
roula sur la poitrine, et tomba par terre,
en tresses parfumées que le zéphyr avait si
souvent caressées.....

L'abbesse continua à murmurer des
paroles confuses; les prêtres les répétèrent,
et tout, dans l'église, rentra dans le silence. Seulement, de temps à autre, on
entendait au loin comme des plaintes mul-
tipliées et timides : c'était le bruit du
vent qui bourdonnait, en se brisant, dans
les angles des créneaux et des tours, et qui
frémissait en passant à travers les vitraux
coloriés des ogives.

Elle était immobile et pâle comme une
statue de marbre arrachée de la niche
d'un cloître gothique.

On lui enleva les bijoux qui couvraient
ses bras et son col; on la dépouilla en-

suite de son vêtement nuptial, vêtement qui semblait avoir été fait pour qu'un fiancé en brisât les agrafes de sa main tremblante d'émotion et d'amour.

L'amant mystique attendait l'épouse. Où?... au delà de la mort, sans doute!... en soulevant la dalle du sépulcre et en la conviant à la franchir, comme la timide épouse franchit le seuil du sanctuaire des amours nuptiales, car elle tomba sur le sol en s'affaissant comme un cadavre. — Les religieuses, au lieu de terre, jetèrent sur son corps des poignées de fleurs en chantant une très-triste psalmodie. Un murmure s'éleva dans l'assistance ; les prêtres, de leurs voix graves et sourdes, commencèrent l'office des morts, accompagnés par ces instruments qui semblent pleurer, en augmentant la frayeur profonde qu'inspirent par elles-mêmes les terribles paroles prononcées par eux......

De profundis clamavi ad te...... disaient les religieuses, du fond du chœur, d'une voix plaintive et dolente......

Dies iræ, *dies illa...*

répondait le clergé d'un ton profond et
tonnant. — Pendant ce temps-là, les cloches
tintaient lentement le glas funèbre, et de
volée en volée on entendait vibrer le bronze
d'un son étrange et lugubre.

J'étais ému... plus qu'ému... atterré...
Je croyais assister à un événement surna-
turel, me sentir arracher quelque chose
indispensable à mon existence; — je sentais
le vide se faire autour de moi; — je pen-
sais avoir perdu comme un père, — une
mère, — une épouse adorée; — j'éprou-
vais cette immense désolation que la mort
laisse là où elle passe, — désolation inno-
mée, — qu'on ne peut définir et que seuls
peuvent comprendre ceux-là qui l'ont
éprouvée.

J'étais cloué à ma place, les yeux hagards,
— tremblant et hors de moi, quand la
novice se releva de terre. — L'abbesse la
revêtit de l'habit; les nonnes prirent dans
leurs mains des cierges allumés, et formant
deux longues files, elles la conduisirent pro-

cessionnellement jusqu'au fond du chœur.

Là, entre les ombres, je vis briller un point lumineux : c'était la porte du cloître qui venait de s'ouvrir. — Au moment d'en franchir le seuil, la religieuse tourna, pour la dernière fois, ses regards vers l'autel. — L'éclat de toutes les lumières l'illumina subitement, et je pus voir son visage. A sa vue, j'eus à étouffer un cri : — je connaissais cette femme... — je ne l'avais jamais aperçue, mais je la reconnaissais pour l'avoir vue dans mes rêves. — C'était l'un de ces êtres que le cœur devine, ou dont peut-être le souvenir lui est resté, par réminiscence d'un monde meilleur, de ce monde qu'après l'avoir quitté pour descendre dans celui-ci, quelques personnes n'ont pas complétement oublié.

Je fis quelques pas en avant, je voulus l'appeler ; — je voulus crier... mais, je ne sais, je fus frappé comme de vertige... A ce moment la porte du cloître se ferma, — pour toujours... ; les cloches retentirent, les prêtres chantèrent un *Hosanna* ; des nuages d'encens s'élevèrent au ciel; l'orgue versa par ses cent bouches de métal un torrent de tonnante harmonie, et les cloches de la tour se mirent à sonner de nouveau en s'agitant avec une épouvantable frénésie.

Cette expansion d'une joie folle et bruyante faisait dresser mes cheveux. — Je tournai les yeux autour de moi, cherchant les parents, la famille pour qui cette femme était désormais perdue. Je n'en vis aucun.

Sans doute elle était seule au monde, me dis-je, et je ne pus retenir une larme...

« Que Dieu te donne dans le cloître le bonheur qui ne t'a pas été accordé dans ce monde ! » s'écria au même moment une vieille femme placée à côté de moi, et qui pleurait et soupirait collée contre la grille.

« La connaisez-vous ? lui demandai-je.

— Pauvre enfant ! si je la connais ? Je l'ai vue naître, et elle a été élevée dans mes bras.

— Et pourquoi fait-elle profession ? »

— Parce qu'elle était seule au monde. Son père et sa mère sont morts du choléra le même jour, il y a un peu plus d'un an. En la voyant seule et délaissée, M. le doyen lui a donné une dot pour qu'elle pût entrer en religion, et vous avez vu ce qui vient de se passer. Que pouvait-on faire ?

— Et qui est-elle ?

— La fille d'un intendant du comte de C..., que j'ai servi jusqu'à sa mort.

— Où demeurait-elle ? »

Quand j'entendis le nom de la rue, je ne pus retenir une exclamation de surprise.

Un rayon de lumière, ce rayon qui s'étend rapide comme la pensée, — qui brille dans l'obscurité, — qui réunit les points les plus éloignés en les coordonnant entre eux d'une manière si merveilleuse, rattacha mes vagues souvenirs. Je compris tout, ou plutôt je crus comprendre.

. . . .

. . . .

Cette date restée sans nom, je ne l'ai écrite nulle part... — je me trompe, — je l'ai gravée dans un endroit où nul que moi ne pourra la lire, et doù elle ne sera jamais effacée...

Souvent, en me rappelant ces événements, aujourd'hui même en les écrivant, je me suis dit:

Quelque jour, à cette heure mystérieuse du crépuscule, quand le soupir de la brise du printemps, tiède et parfumée, pénètre jusqu'au fond des retraites les plus cachées, y portant comme un souffle des souvenirs du monde, — dissimulée dans la pénombre d'un cloître gothique, — le visage appuyé sur la main, — le coude posé sur l'embrasure d'une fenêtre, peut-être une femme aura-t-elle soupiré en rappelant, dans son imagination, le souvenir de ces dates!......

Qui sait!...

Hélas! Et si elle a soupiré,... où sera ce soupir?

5314. — Paris, imprimerie D. Jouaust.